アボカドの種

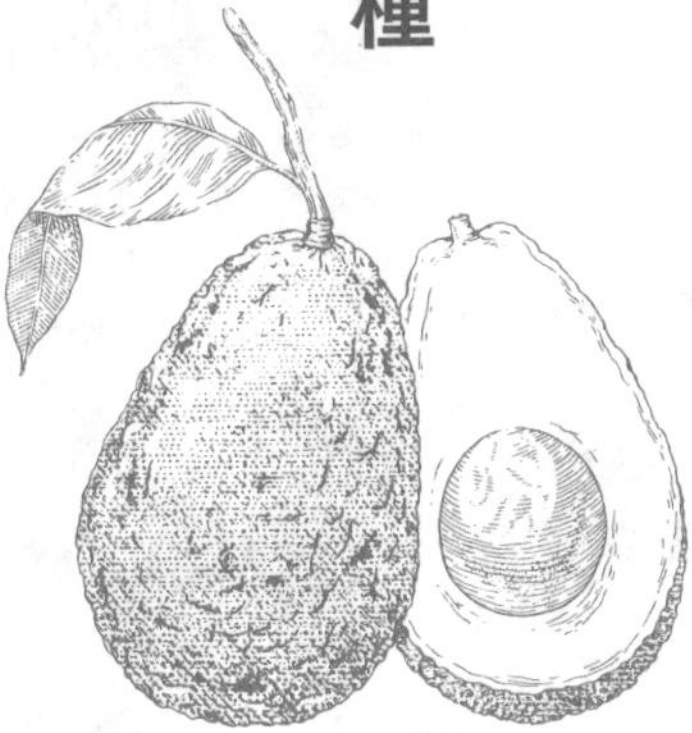

俵万智

角川書店

アボカドの種＊目次

Ⅰ

II

装幀　名久井直子
装画　三宅瑠人

アボカドの種

俵 万智

I

銀杏は降らず

感傷的な手紙いくつか書き終えてざんざん残暑の宮崎を発つ

子のために来て親のため去りゆくを宮崎空港今日も快晴

父に出す食後の白湯をかき混ぜて味見してから持ってゆく母

金色の小さき鳥の群舞して行けども行けども定禅寺通

人間かどうか機械に試されて人間として答えつづける

かすみ目の不眠の鬱の母親が今日の私の不調を見抜く

我が部屋に銀杏は降らず小さめのゴミ箱さがす東急ハンズ

人生の予習復習　親といて子といて順に色づく紅葉《もみじ》

おしゃべりな洗濯機今日は「こんにちは」だけなり　なんだ、寂しいじゃないか

商品名よくよく見ればヤワラカクナールでなくてヤワラカナール

この人はもしやと思うくらいには宮崎弁を聞き分けられる

マルイチの２９８円のアジの刺身が恋しかりけり

看板にＤＡＴＥとあれば大方はダテと読ませる仙台の店

ウクライナ今日は曇りというように戦況を聞く霜月の朝

元ナンバーワンホスト

珍しき最中が老母を喜ばす手塚マキさんさすがと思う

仙台の日ざし物足りなさそうな長命草に水をやる午後

笑う干し柿

六年を子が過ごしたる寮に来て子はおらねども子どもらの声

太鼓部の音聞きおれば後輩が「こんちはっす」と声かけてくる

「目標はタワラ先輩」おもしろい寮長だったようだ息子は

カラスから干し柿守る盾として秋の網戸に出番が来たり

背のびして柿の実ドレミ青空に音符を吊るすような手作業

手間ひまをかけて生きれば甘くなることもあるよと笑う干し柿

渋いことあったら私も試そうか皮をむいたり茹でて干したり

少年が分けてくれたるなけなしの干し柿甘し夕日のごとし

渋柿を甘くする知恵身につけて五ヶ瀬中等教育学校

スマートフォン持たないことの豊かさを思う日暮れのバスケットボール

友だちの汗と匂いと息づかい感じて動く、動いて止まる

デパートの地下に並べる富有柿お金で買える甘さあります

アボカドの種

息子十九「プロフェッショナル」出演の打診をすれば秒で断る

文化祭でパロディ作ったことあるとテーマソングは歌ってみせる

いつかおまえがプロフェッショナルになった時かーちゃんとして出演したし

ノンフィクションカメラの朝のパトロール現行犯で今撮られてる

テンプレで片づけてきた質問に向き合う秋のドキュメンタリー

ディレクターの背後に流れる雲見えて映らぬものを詠みたし明日は

相聞歌の生まれる現場？

密着のカメラがついて来るというカフェに私とボーイフレンド

撮る者と撮られる者の共犯と思う日もあるドキュメンタリー

うたごころ見うしなう夜　うしなって「う」が「し」になって　したごころなう

男子二人われを差しおき盛り上がるカメラの話、バスケの話

「いい人だ、また会いたい」と君が言いディレクターが言う歌はできない

クリスマスマーケットに買うマグカップ確かに今日があったしるしに

恋の歌追えばするりと逃げてゆく　三人で見るイルミネーション

翌日、カメラはいない

忘れ物届けるように来てくれる手荷物検査はじまる前に

後ろには進むことなき飛行機を君と見ている展望デッキ

滑走路に光の粒が広がってあの夏の日の糸島の海

関係を分類できず見上げれば名前を持たぬ星がまたたく

心には管制官がいないから着陸の場所自分で探す

人生は油断ならない　還暦の木箱に小さな恋のブローチ

歌はいつできるのだろう気がつけば葉っぱ増やしている長命草

「模様より模様を造るべからず」　富本憲吉

二十年ぶりに心に浮かびくる言葉の意味を考えている

言葉から言葉つむがずテーブルにアボカドの種芽吹くのを待つ

四十歳で息子を生んだ

40＋20＝60　母として成人している還暦の朝

ハッピバースデーあの日あなたを生んだこと、今夜ケーキを分けあえること

ため息で消せぬ強度の炎あり60という数字の上に

始まりがあれば終わりがあることのふいうち今日で撮影終わる

むっちゃ夢中とことん得意どこまでも努力できればプロフェッショナル

ほんとうに寂しいときは寂しいと言えないもんだ、タクシーが来る

チーム解散　千本ノックの質問とカメラは次の獲物に向かう

ぐずぐずとグラスを洗うオモチャ箱片づけたくない子どものように

壁打ちの壁なくなれば青空に吸いこまれゆく言葉のボール

来る理由なければ人は来なくなる週の半ばは寒波の予報

電球を換えてもらった　ダンボール捨ててもらった　いい秋だった

アボカドのサラダ作ってあげることもうないだろうレシピ聞かれる

「どんぶりで食べたい」というほめ言葉息子は今日も言ってくれたり

上澄みの恋

町制施行百周年記念行事で宮崎県高千穂町へ

サプライズの電話の主はそばにいてこの高千穂の空を見ていた

二人がけの席に二人で座るときどんな二人に見えるのだろう

天庵の蕎麦待ちおれば色紙あり私の書いた麦わら帽子

デザートは蕎麦湯かためて寒天のつるりと喉を落ちてゆく秋

翅の柄アールヌーヴォー　ブローチにしたきオオスズメバチの唐揚げ

二次会に行く体力のない我を寂しくとがめる瞳に気づく

カラオケの声を背負ってかけてくる「もっと一緒にいたかったのに」

はちみつのような言葉を注がれて深夜わたしは幸せな壺

デジタルの時代に恋は進化せず「心はそばに」という合言葉

色づいてはじめて気づく木のようにいつも静かにそこにいる人

不純物沈殿したるビーカーの上澄みの恋、六十代は

島へ

青い海だけじゃないよと雨降らす旅のはじめの石垣島は

名蔵湾ひろがる果てにサイコロのようにポツンとかつての我が家

ああ島の飲み会あるある12分遅刻の我が一番乗りだ

ゆるゆるの時間たのしむ島に来て三年ぶんのおしゃべりをする

牛の世話、子の世話、姑の世話をしてほがらかなりしエミコの家出

わたしたち変わらないのにチビたちは思春期になり照れ笑いする

折り紙に「いそがしきもちふとばせ」と書いてくれたね、やっちゃんおらず

月桃の少女が一度だけ見せた「私も行く」という意思表示

はるちゃんの面接官がはるちゃんの良さをわかってくれますように

早回しのようなテンポでニィニィのデキ婚、退学、離婚を聞けり

一袋120円変わりなく何故かお高い島のもやしよ

占領のかさぶたありて牛乳は９４６ミリリットル

石垣の素材集めて丁寧に一人のために生まれたラー油

日常の言葉集めて丁寧に一人のために生まれる短歌

子どもらが指染めながら食べていた桑の実の道はればれ続く

白湯と桜の日々

両親と「千の風になって」聴くこの日を思い出す日のあらん

カレーライスの肉を増やしてみたけれど父はいつものカレーを愛す

ドラマ見る気力さえなき母といて「愛の不時着」一話で終わる

電話なら優しく聞ける雪の日の愚痴でできてる母の体調

「バッチグー」と息子にＬＩＮＥ送りしが「死語はつつしむように」言われる

愛らしき長命草を写メすれば「食べごろだね」と言う島の友

放射線からだに降らすこの春の白湯と桜の日々いつくしむ

「割烹着のように」着るよう渡された検査着うまい比喩だと思う

３Ｄメガネかければ見えてくる緑の森に心遊ばす

女なることの膨らみさらしつつ人体模型のように仰向け

息をしただけで上手と褒められる生まれたばかりの赤子のように

リニアック室を出でたるのちに座すスタバに人の雑談まぶし

放射線の塩かけてやる胃の中のリンパ腫という名のナメクジに

マグネシウム、ムコスタ、タケキャブ、ブスコパン　ンのつく薬さがす三月

顔見知りになってからのほうが恥ずかしい　やさしくタオルをかけくれる技士

朝ドラ「舞いあがれ！」感謝祭

人生を楽しむための治療ゆえ今日は休んで大阪へ行く

春だから、そんな理由があっていいミナ・ペルホネンのスカートを履く

東京で石垣島を思い出すゲリラ豪雨という雨を見た

息子から連絡はなく母の日は私が母を思う日とする

行き先を告げればタクシードライバー問わず語りに闘病のこと

「二通りのルートあります」子どもらの登校に会う左折を選ぶ

いくつもの＋《プラス》の印つけられてロボットみたいな体を洗う

宮崎の友だちの家泊まり歩き「帰省してた」と息子は言えり

「楽しくじゃなくて正しく弾くんだね」子に見抜かれる私のピアノ

イーロン・マスク氏、ツイッターをXに。

言の葉をついと咥えて飛んでゆく小さき青き鳥を忘れず

このままでいいのに異論は届かないマスクの下に唇を噛む

旅・鹿児島

「ただいま」と言いたくなりぬ　いつ来ても両手広げている桜島

ゆるやかにカーブ重ねて上りゆく城山という名のホテルまで

卵かけご飯か鯛茶かオムレツか豊かに迷い朝が始まる

沈壽官《ちんじゅかん》、櫻龜《おうき》、実雪《さねゆき》、室田志保《むろたしほ》　匠に会えばここは薩摩藩

子どもより親が大事と思わねど一期一会のあまおうのパフェ

自分へのお土産として買いました紙の煙を噴く桜島

きびなごをさばく練習しておりし少女の指を想うキッチン

舞いあがれ！

ＮＨＫの朝ドラ「舞いあがれ！」では、短歌が重要な役割を果たした。主人公の舞ちゃんの幼なじみである貴司くんは、お好み焼き「うめづ」の一人息子。彼は古本屋「デラシネ」の八木のおっちゃんに勧められて、短歌を作り始める。やがてその短歌は世に認められ、編集者リュー北條や、熱烈なファンの秋月史子が登場。舞と貴司は結婚し、二人の共通の友人である久留美は、舞の兄・悠人と恋に落ちる。ドラマに夢中になりすぎた私は、放送期間中、もしここで登場人物が短歌を詠んだら……という妄想をツイッターに投稿し続けた。頼まれもしないのに。

非公式応援歌人と呼ばれてる妄想短歌とまらぬ我は

見たいものほんまに見られるその日まで螺旋えがいて舞いあがる人

貴司の詠める

子どもらと短歌つくって笑《わろ》てます　お元気ですか八木のおっちゃん

古本と亀と子どもと君と僕それだけでいいデラシネの日々

七夕の夜に言葉を交わせども織姫よりも遠いよ君は

千億の星の一つになりたくて心が空を舞いあがる夜

一瞬の君の微笑み永遠にするため僕は歌い続ける

おそろいの弁当のフタ開けるとき君と僕とは家族と思う

平和でも歌はできると信じたいリュー北條のケーキのように

舞の詠める

デラシネでうめづで夜の公園で好きって君に伝えたかった

君だけに見える昼間の星となり一生かけてそばにおりたい

久留美の詠める

大切な友と友とが結ばれて嬉しくて泣く、寂しくて泣く

心配をさせてくれない人だから救急箱のように見守る

「なんや今ごろ気づいたんか」という君のええとこもっと気づいてみたい

言い訳があなたらしくてかいらしい魚の気分じゃなかったなんて

秋月史子の詠める

胸もとのルーペで世界を見るように優しさの種うたにする人

あの人が好きなんですね臆病な仔猫のような瞳揺らして

灯し火になりたいなんて言ったけどあなたが私の灯し火でした

黒髪の乱れも知らずうち伏せば鉛筆を持つその手恋しき

君よ行け愛する人の手を取って天の火にさえ焼けぬその道

短歌とは心に続く道だから　いつでも会える　あなたに会える

シャルドネ

インスタにあげた光のページェント「オレも近くにいる」ってマジか

三十年の時の人混みかき分けて元カレのいる居酒屋へ着く

ドラマならやや嘘くさき設定に再会しておりクリスマス・イブ

シャルドネの味を教えてくれたひと今も私はシャルドネが好き

約束はたぶん明日には色あせる「次は京都で会おう」だなんて

「どうだった？　私のいない人生は」聞けず飲み干すミントなんちゃら

書棚から取り出している第二歌集ひらけば君の匂いこぼれる

当たり年の恋かもしれず心にも熟成という作用あるなら

ベランダで見るときよりも窓枠を額縁にした月が明るい

II

笑いたい夏

一昨年のパリ以来なる鞄持ち入院という旅が始まる

日が昇るラッキーセブンの幸せの東病棟７４８号

ゴミの日のように覚える月曜と金曜は内視鏡治療の日

採血のたびに謝る看護師の声やわらかに針雨の降る

ノンアルのビールを置かぬ売店に吟味して買う強炭酸水

目玉焼きにソースが付いてくる朝に一人つぶやく「そうきましたか」

絶食が続けば舌は喜べり麻酔ゼリーのバニラの風味

空中に繰り返し書く指で書く「い・た・い」はあと一文字で「あ・い・た・い」

サザエさんの「んがとっと」という喉の比喩伝わらず若き看護師は去る

つっこんでくれる息子がいてほしい「午後の紅茶」を朝に飲むとき

ローソンに点滴の人　右奥にかつらとスリッパコーナーがある

朝ごとに違う新聞買うことを楽しむ　レジ袋は要りません

入院の日々の渚に濡れながら触れたいものはガラスのコップ

積み上げた本の背表紙確認しそっと引き抜くジェンガのように

牛丼の日にお粥から米飯へ変わる喜び主治医に話す

検温の少し遅くてお掃除の人の来なくて日曜の朝

「点滴の針は抜いちょきましょうね」と優しく針を抜かれちょる午後

青空は誰の上にも広がって昨日見つけたベンチに座る

尊敬はしないが感謝はしていると子に言われたり十六の春

母親が賞もらうこと思春期の息子はいかに受けとめおらん

いつのまについいて来たのか病室のベッドの手すりに尺を取る虫

絶食の砂漠の蜃気楼に見るアボカド、焼き茄子、メヒカリの群れ

雲厚き空に音のみ激しくてドクターヘリが今日も近づく

明日はまた麻酔で昼寝　真夜中に思いきり見る「梨泰院《イテウォン》クラス」

九度目の治療となれば電極もエステのように付けられている

ちょうどいい死に時なんてないだろう「もう」と思うか「まだ」と思うか

10センチ以上は開かない7階の窓にも届く梅雨晴れの風

遠い山の緑のようだ退院後の仕事で埋まりゆくカレンダー

芸人のモノマネをする息子いて元を知らねど笑いたい夏

東京オリンピック2020

新型も陽性《ポジティヴ》も悪い意味となり令和二年の春の地球儀

この夏にオリンピックがあることを知らずに逝きし命忘れず

それぞれが暮らしの中で貯めてきた安心安全貯金のゆくえ

新国立競技場

巨大なるゼロを抱えてこの夏を白紙のままの答案用紙

萬斎もMIKIKOも林檎もいなくなりドローン見上げている夜の空

宇宙から地球を見れば人類は集まることが好きな生き物

連日のカナダの記者のツイートにセブンイレブン愛されている

ちぐはぐなパッチワークを見るように五輪のニュース、コロナのニュース

運動会中止となりし子どもらが見たかったのは僕らのリレー

サイタ、サイタ、過去最多なる花びらのメダルの数と感染者数

菅義偉首相　平和記念式典あいさつ

かつてかく奪われゆきし命あり糊づけされて読み飛ばされて

平和だからできるんだよと子どもらに手渡してゆく聖火のバトン

七色の紫陽花の咲くこの国の大切な人、きみと君とキミ

真夏のマスク

夏休み初日の朝は納豆に卵を落とすような幸せ

受験生となりたる息子よく眠りよく食べたまに勉強をする

角あわせ夏のおりがみ折るようにスイカを冷やす麦茶を沸かす

しっかりと飯を食わせるだけの日々　息子のお下がりTシャツを着て

三か月ぶりの病院に向かうとき同窓会のように化粧す

防護服的な看護師さん多く院内冷房効きすぎている

取り壊し進む古民家あらわなる居間に家族の気配を見せて

雨多く疫病広がるひと夏を子らがつながるＬＩＮＥグループ

朝ごとに果物添えてノックする受験生には笑ってほしい

気づかれぬようにハラハラしておれば「ようにしている」こと見抜かれる

散歩してくるよとふいに立ちあがるおまえに渡す真夏のマスク

実をつけることを忘れて伸びてゆくアボカドのごとくあれ高校生

福島の友より届く桃甘し十年という時の滴り

ダイソーの迷路に息子見つければイメージよりも大きかりけり

二週間ぶりに咲かせてふいうちのおはようを言う朝顔の青

もう水を吸うことのなき朝顔がくるんと枯れて指す秋の空

イケメンのモリと聞こえる楽しさにバス降りるなり生目《いきめ》の杜に

住宅が住居となりぬ昨日までなかった洗濯物と自転車

英検の結果出る日を尋ねれば「二年後くらい」と答える息子

感染者四十と聞きおびえてた今年三月東京の夜

四百におびえる今日を振り返る四千の夜が来るかもしれず

会話って会って話すと書くんだなあ七カ月ぶりに友と会話す

朝の楽器　繁延あづさ『山と獣と肉と皮』に寄せて

人の世にコロナ広がりゆく春を干支にはあらぬイノシシ駆ける

一撃でずんと倒れるイノシシのもう動かないガラスの目玉

写真には撮れないものに出会うとき人は原始の叫びを叫ぶ

イノシシの命輝くししむらの死体となりて肉となるまで

腹を割かれ肋骨あらわなイノシシがぶらさがる朝の楽器のように

「しい」の付く言葉並べる森の午後　雄々しい悔しいイノシシ美味しい

動物の命の袋なりしもの皮から革へ革命をなす

人類は毛皮を手放す進化してむき身の肌と肌で抱き合う

ニワトリを飼う少年より届きたる卵六個よ六つの命

冷蔵庫に入れれば死ぬという卵　白くて丸くて生きているもの

ホスト万葉集

深海魚のように男ら集まりて歌を詠むなりホストクラブに

開店前は開演前の空気にて脚本・演出兼ねる君たち

寅年と聞いて引き算するべきは二十四、否、三十六か

トイレには「野球大会あります」の貼り紙ありぬ部活のように

辞書になき言葉のスーツを着こなして爆弾、まくら、オラオラ営業

「へいらっしゃい！　あなたがネタなら僕はシャリ」ラップのようなシャンパンコール

ざらざらとした味わいの共感にホストがホストの歌を読み解く

グラス持てばしなやかに反る長き指折りて数える五音七音

一円の得にもならぬ歌を詠みホストが迷う「の」と「が」の違い

「夜の街」に朝が来るときボクたちの一日《ひとひ》は終わるおやすみなさい

記憶なき夜を詠むときピッピリピパリピピリピリピリの自在さ

ナンバーワンホストの君が歌会で一番とれぬ悔しさを言う

行きつけの店にあらねど読みつけの店となりたるラーメン二郎

誰もみな誰かの子ども母のこと詠む歌多し題詠「故郷」

「はじまり」と「おわり」にそれぞれ一つずつ「り」がある男と女のように
もどかしき接客の日々アクリルを越えていきたい愛があるのに
はずす時がっかりされてもいいじゃないマスクイケメン、マスク盛れ盛れ

二年前は千円前借りしてたっけ武尊《たける》が歌う帯封のうた

コロナ禍にネオン灯らぬ歌舞伎町詠んで寂しい花いちもんめ

手紙書く彼の時間を思いおり84円切手の歌に

ZOOMにて歌会をする日々は来て除菌検温自粛生活

年末は家族のことが詠まれがちホストにわりとばあちゃん子多し

歌会に参加中とは気づかれず彼は電車にスマホ見るひと

「夜の街」と名指しされたる男らの万葉集を編む昼下がり

源氏名がペンネームとなるはつなつの『ホスト万葉集』の明るさ

歌集には名を残せどもこの冬にすでに連絡とれぬ幾人

三十首作ってみようと励ませば二百首作ってくるヤツがいる

辛かった過去の記憶を薔薇として三十一文字の花瓶に活ける

私もう通りすがりのおばちゃんでいられなくなる歌を受けとる

歌会に出す一首には収まらぬ心波うつ連作の海

十年を経てむき出しの震災の記憶をやっと毛布にくるむ

作品は副産物と思うまで詠むとは心掘り当てること

行ってらっしゃい

シトーレンにバター滲みゆく冬の午後　可視化できない子の心あり

一喜一憂するなと励ます模擬試験　一喜も一憂もする気配なし

選択肢あるゆえ迷う青春は「してみてよきにつくべし」息子

まんべんなく点を取ること大事かと問われてひるむ三日月の夜

真剣と深刻の違い意識して君に向き合う、これは真剣

第二志望迷う息子の傍らにおせちカタログ眺めておりぬ

暮れてゆく令和三年の鐘の音しょごーんむじょーんと響く夕空

二週間前に赤本注文す息子は大物なのかもしれず

しくじった時の絆創膏として保護者の保護という字を思う

最悪の事態に我が子を受けとめる覚悟はできた共通テスト

子の受ける大学最寄り駅前のマンション間取り図見れば楽しも

「おなしゃす」はお願いしますのことらしいコンビニ振り込み二日以内に

ローソンで支払う受験料まるでライブチケット求めるように

QRコードかざせばピッと鳴きおまえは何でもできるねスマホ

高齢の店員さんがなめらかに受領印押してくれて終了

数字とかちょいちょい間違う我が息子指摘をすれば「こまけー！」と言う

二次試験会場までを快適に健やかに子を運ぶミッション

プレゼンの資料忘れて引き返すＹＯＵは何しに面接へ行く

オーディションへ向かうミュージカル俳優のような背中だ行ってらっしゃい

仙台の緑、石垣島の青、宮崎の水流れる吾子よ

この子いま大丈夫だと思う春　風呂場で歌っているんだずっと

聖路加で産湯つかいしみどりごが十八歳で戻る東京

学生となる子を連れて行きは二人、帰りは一人の春の飛行機

ファイティン!

誰からも頼まれなくて書くという悦び「愛の不時着ノート」

何度でも見るドラマありあの人が元気でいるか確かめたくて

韓国語の意味わからねどお別れの場面に多く聞く「マジマグロ」

「愛してる《サランヘ》」と「好き《チュワエ》」の違い日本語はそもそもそんなに言わぬサランへ

親孝行できなかったと泣くヒロイン明日は母に電話をしよう

セッキとは悪口らしい引き揚げ者の父が覚えていた韓国語

トキメキに☆《ほし》まで付けてタイトルは「いったい、なぜ?」と思うこと多し

石垣の島のコミュニティ思い出すおじいとおばあと「海街チャチャチャ」

ハルモニの響きやさしく割烹着いつも着ていた祖母を思えり

驚いたときの表現韓国は「まあ!」と広げず「オモ…」と閉じゆく

ヒロインがグイと飲みほす韓国の酒の度数が気になっている

物語のエンジンとして運命と交通事故と記憶喪失

血しぶきが指に付きそうiPhoneの小さな画面で見る「イカゲーム」

尊敬と甘さと親しみ込めて呼ぶ「オッパア」我にも欲しきオッパア

「酒を飲もう」の字幕しっくりこないまま男同士のデート始まる

「ありがとう」のメタモルフォーゼに気づきたりコマオ、コマッタ、コマッスムニダ

アニキって感じだろうな「ヒョン」と呼ぶときに憧れのニュアンスこもる

サランへのへは君と知る人称を好まぬ我らの愛の不器用

「優しい男」まもなく配信停止なり会っておかねば優しい男

簡潔にネタバレをするタイトルの「ジキルとハイドに恋した私」

ハナさんを「ハナッシ」と呼ぶヒョンビンの「ッシ」が好きだが伝わりにくい

味わってみたきものありチャミスルとハチミツ水とおこげのおかゆ

オリジナルサウンドトラックの略と知るＯＳＴはグループじゃない

最初からハムハムしおり唇を合わせるだけのキスは少なし

ヨン様をむしろ知らない我である息子は２００３年生まれ

ごめんねと申し訳ありませんの差かビアネとチェーサハムニダがある

「ソルジキ…」と打ちあけるとき日本語の「正直」とたぶん同じニュアンス

男性がパックしている場面多し目出し帽のようなパックを

韓国語に「ザ」の発音はないらしく推しの「ゴジャイマス」むずむず愛し

お決まりの広告のカタチくどいほど登場人物レクサスに乗る

早く見たいけれど見終わりたくはない最終回を待つ日曜日

ファイトよりちょっと可愛いファイティンが気に入っている今日もファイティン！

キーホルダー

九十の父と八十六の母しーんと暮らす晩翠通り

コンビニへ食パン買いにいくことが親孝行となる春の道

父と母と半熟玉子の朝ごはん　五十年前のトーストかじる

コーヒーをインスタントに変えぬこと母の矜持の香る食卓

耳遠くなって青葉の風吹いて母の小言は父に届かず

ルーティンを増やしてごめん老母にはヤクルト1000がストレスになる

ランドセル背負えるごとしたっぷりの酸素とともに歩みゆく父

「友の会」仕込みの家事の極まりて毎度風呂場を拭きあげる母

「ホコリでは死なない党」のわたくしが割とこまめにかける掃除機
ルンバにも母は小言を言うだろう　寝室の隅、ドアの裏側
洗いもの雑に終えればこの家の妖精たちがくすくす笑う

整然と仕舞われている食器たち料理をのせてみたくないかい

六十のこれも手習い「靴下は裏返ししてから洗うこと」

どんづまる梅雨の日に聞く「死にたい」は願望ではなく不満の言葉

息子からもらう励まし出典は「ブルーピリオド」の名言らしい

お雛様のように並んで歌を聴く月曜七時はフォレスタタイム

「糸」を聴く父と母とを見ておれば私を包む暖かき布

リラの花見たことないと言う父にスマホですっと見せる紫

鼻水が出れば鼻水出たなあと鼻水をただ拭う父なり

鼻水が出ればどうして鼻水が出るかとまずは嘆く母なり

白い娘と黒い娘がおりましてどちらが出るか日替わりランチ

愚痴、不満、悲観、諦念、母からのマイナスイオンたっぷり浴びる

切り札のように出される死のカード　私も一枚持っているけど

洗剤の香りの歌をつぶやけば「香害」についてリプライがくる

日に一度単語ゲームで遊びますスマホの中のおやつの時間

新聞をとることゴミを捨てること一日百歩の父のリハビリ

オンライン囲碁で健闘した父にパンダネットからタオルが届く

外出は病院のみの父なれど世界とつながるクリックすれば

大胆に揚げ物を買う義妹《いもうと》の「ひょうたん揚げ」に母が喜ぶ

三週間ぶりの宮崎空港のはにわの笑顔ややよそよそし

鍵三つぶらさげているキーホルダー　おはようこれはどこの天井

生存確認

一人暮らし始めたばかりの子の部屋の冷蔵庫にて冷える缶詰

「はつおん」と入力すれば真っ先に「撥音」と出るパソコン画面

東京って感じするよねヨネックスショールームに見る桃田のサイン

息子愛用のトリートメント失敬す五月の髪がサラサラになる

こういうのが欲しかったのか濃密に香るボディシャンプーの泡

ペットボトル散乱しているリビングは男子の楽しい時間の遺跡

ラーメンの汁そのままのキッチンに生存確認する昼下がり

息子どこで何をしてるか一人旅　日豊線の時刻表見る

十歳で参加したキャンプこの夏は青年スタッフ志願の息子

「未来から自分を見ている気がしたよ」子どもと遊ぶドラえもんだね

「カロナール…だじゃれやんけ」とうめいてた息子、インフル、小五の九月

答えは言葉

歌集『未来のサイズ』

新しい歌集の表紙に惜しみなく試食すすめし菊地信義

別れではなくて死なのだ一冊の本をあなたに届けられない

優しさにひとつ気がつく　×でなく○で必ず終わる日本語

母の言う「じゅうぶん生きた、死にたい」はデッドボールで打ち返せない

この国の未来のサイズ思うとき脱いだっていい一枚の空

賢しらな猿の側から読み直す「万葉集」の讃酒歌さびし

手作りのボトルドティーのさみどりをバカラで飲もうフォールインラブ

「たかが酒」と言いきってくれる人といて「好き」と言えないしらふの我は

触れたくて触れられなかった指先に念を残すと書いて残念

恋、結婚、子育て、運転、引っ越しの「する」は「しない」よりも偶然

「知らんけど」はツッコミ防御するための便利な言葉です、知らんけど

おやすみのキスをするため呼び出したあなたを夜の冷気ごと抱く

二人に一人は癌の時代と聞きながらならないほうと思っておりぬ

遺伝子がコピーミスして DANCER が CANCER になる如月の夜

言葉とは心の翼と思うときことばのこばこのこばとをとばす

人生は長いひとつの連作であとがきはまだ書かないでおく

傘寿過ぎて人は変われる「ごめん」から「ありがとう」になる母の口ぐせ

定型の枠をとらえる言葉たち蹴りつづければゴール生まれる

性と愛　分けられなくて青春は飲み干していた朝のスムージー

つかうほど増えてゆくもの　かけるほど子が育つもの　答えは言葉

あとがき

歌集をまとめようと思うタイミングは、ふいに訪れる。たいていそれは、タイトルとなる一首とともにやってくる。お、そろそろか！　と思い、数年分の短歌を眺めなおす。

昨年の秋から冬にかけて、ＮＨＫの「プロフェッショナル　仕事の流儀」というドキュメンタリー番組の取材を、四か月にわたって受けた。その間に詠んだ歌を五十首の連作「アボカドの種」にまとめたとき、お、そろそろか！　が、やって来た。還暦を迎えるタイミングで、短歌について、言葉について、あらゆる方面から質問を受け、考える時間を持ち、結局「平凡な日常は、油断ならない」（これが番組のサブタイトル）というところに着地した。デカい鉱脈なんかなくても大丈夫、それこそが短歌の良さであり強みなのだ。そう確認できたことは、自分への励ましになった。

ディレクターの質問に答えるなかで、陶芸家・富本憲吉の「模様より模様を造るべからず」という言葉を思い出した。すでにある模様を利用して次の模様を造るのではなく、一回一回、富本は自分の目で自然を観察して模様を生んだ。歌の言葉も、そうありたいと思う。一首一首、自分の目で世界を見るところから、歌を生む。言葉から言葉をつむぐだけなら、たとえばＡＩにだってできるだろう。心から言葉をつむぐとき、歌は命を持つのだと感じる。

言葉から言葉つむがずテーブルにアボカドの種芽吹くのを待つ

昔からアボカドが大好きで、種からの水耕栽培も楽しんでいる。根っこが出るまで三か月くらいかかり、それから芽、ようやく葉っぱ。慌ただしい日々のなかで芽吹きをじっくり待つことは、とても豊かだ。その豊かさは、水を替え、光を当てるところから始まっている。短歌も、心の揺れに立ちどまり、言葉を探すところから、もう始まっている。芽が出るまでの時間を含めて、短歌なのだと思う。

歌集をまとめるにあたって、それぞれの連作は再構成した。Ⅰがおおむね２０２２年秋以降の作品で、六年半暮らした宮崎から、両親のいる仙台へ越してからの時期となる。息子は宮崎の全寮制の中高一貫校を卒業し、東京の大学生になった。

Ⅱがおおむね２０２０年夏から二年あまりの作品だが、制作時期がⅠに重なるものも含まれている。入院、コロナ禍、息子の受験……それらが落ち着いてからは、宮崎と仙台とを行ったり来たりしていた。

足かけ四年の作品から３７５首を選んで第七歌集とする。編集にあたっては石川一郎さん、住谷はるさんにお世話になった。装幀は名久井直子さん、装画は三宅瑠人さんにお引き受けいただいた。お二人の作品を、まぶしく見てきた者の一人として、心から嬉しい。記して感謝申し上げます。

２０２３年　夏

俵　万智

著者略歴

俵 万智（たわら まち）

1962年、大阪府生まれ。85年、早稲田大学第一文学部卒業。86年、「八月の朝」50首で第32回角川短歌賞を受賞。87年、第1歌集『サラダ記念日』を刊行、翌年同歌集で第32回現代歌人協会賞を受賞。96年より読売歌壇選者を務める。歌集に『かぜのてのひら』『チョコレート革命』『プーさんの鼻』（第11回若山牧水賞）『オレがマリオ』『未来のサイズ』（第55回迢空賞、第36回詩歌文学館賞）など。評論に『愛する源氏物語』（第14回紫式部文学賞）『牧水の恋』（第29回宮日出版文化賞）『あなたと読む恋の歌百首』など。現代短歌の魅力を伝え、すそ野を広げた創作活動により2021年度朝日賞受賞。

アボカドの種《たね》

初版発行　2023年10月30日
4版発行　2024年11月25日

著　者　俵　万智
発行者　石川一郎
発　行　公益財団法人 角川文化振興財団
〒359-0023 埼玉県所沢市東所沢和田3-31-3
ところざわサクラタウン 角川武蔵野ミュージアム
電話 050-1742-0634
https://www.kadokawa-zaidan.or.jp/
発　売　株式会社 KADOKAWA
〒102-8177 東京都千代田区富士見2-13-3
電話 0570-002-301（ナビダイヤル）
https://www.kadokawa.co.jp/
印刷製本　中央精版印刷株式会社
 ISBN978-4-04-884563-2 C0092